I0682705

L'ENCYCLIQUE

ET

L'ÉPISCOPAT FRANÇAIS

SATIRE

PAR J. CATHÉRINEAU

Prix : 50 centimes.

EN VENTE :

A BORDEAUX, CHEZ FÉRET FILS, LIBRAIRE,

COURS DE L'INTENDANCE, 15,

et chez les principaux libraires de France.

1865

39935

Ye

Y+

OUVRAGES DU MÊME AUTEUR.

MARINE.

Le Nouveau Gouvernail de Fortune, avec planches.

Nouveau Système de Clouage et de Chevillage des navires, sans trous à l'extérieur, avec planches.

Traité pratique des Constructions navales — Système Cathérineau. — Charpente fer et bois, application des bordages sans trous à l'extérieur, avec planches.

Considérations générales sur la Télégraphie nautique, avec planches coloriées.

Nouvelle Télégraphie nautique universelle, avec planches coloriées.

Réponse à M. F., à propos de la Télégraphie nautique.

THÉATRE.

Julien, ou l'Amour d'un Marin, drame en cinq actes et en prose.

Mampoula le Malais, drame en quatre actes et un prologue, en prose.

Mademoiselle de Thélise, comédie en trois actes et en prose.

Mademoiselle de Thélise, comédie en trois actes et en vers.

Monsieur de Croquemarin, comédie en deux actes et en prose.

Don Fernand de Alanda, drame en cinq actes et en prose.

EN PRÉPARATION.

Le Petit-Fils de son Père, comédie en deux actes et en prose.

L'ENCYCLIQUE

ET

L'ÉPISCOPAT FRANÇAIS

SATIRE

PAR J. CATHÉRINEAU

Prix : 50 centimes.

EN VENTE :

A BORDEAUX, CHEZ FÉRET FILS, LIBRAIRE,

COURS DE L'INTENDANCE, 15,

et chez les principaux libraires de France.

—

1865

INTRODUCTION.

Qui que vous soyez, vous qui lirez cette satire, lisez-la jusqu'au bout : c'est sur son ensemble que vous devez porter votre jugement, et non sur quelques parties détachées. J'espère que vous y trouverez la pensée d'un homme profondément religieux, aimant Dieu pour Dieu lui-même, et non pour en faire étalage ou profit.

J'espère que vous reconnaîtrez que je remplis un devoir de conscience, dans les limites de ma modeste influence, en avertissant le clergé séculier et régulier que, dans l'aveuglement du triomphe, il se perd et compromet la religion par ses empiètements et par ses exigences. Cela doit nous conduire fatalement à une révolution : car la France est patiente et laisse faire; mais quand elle se lasse, semblable à ces terribles volcans, longtemps comprimés dans les entrailles de la terre, elle fait explosion et renverse tout avec fracas. N'oublions pas que nos révolutions de 1789 et de 1830 ont été aussi théocratiques que politiques, comme l'a dit, avec raison, M. le Premier Président Bonjean, dans son discours au Sénat, le 15 mars 1865.

S'il se trouvait des hommes assez aveuglés sur la situation pour critiquer cette satire, du moins au point de vue de la pensée qui me l'a fait écrire, je les plaindrais, mais je ne leur répondrais pas. Un tel débat serait interminable; c'est à l'opinion publique de juger.

J. CATHÉRINEAU.

L'ENCYCLIQUE

ET

L'ÉPISCOPAT FRANÇAIS

SATIRE

La France est catholique, mais non croyante.
(Émile DE GIRARDIN.)

L'AUTEUR, à l'un de ses amis qui vient le voir.

Ah! Damis, vous voilà? Quelle heureuse venue!
Vous êtes un esprit de valeur bien connue.
Oh! je pensais à vous, mon cher, en ce moment;
Il me faut aujourd'hui votre bon jugement.

DAMIS.

Mon jugement, hélas! est de peu d'importance.

L'AUTEUR.

J'y tiens, sur ce travail de votre compétence.

DAMIS.

Qu'est-ce donc?

L'AUTEUR.

L'Encyclique!

DAMIS.

Ah! bon Dieu, cher ami!

L'AUTEUR.

Eh bien! qu'avez-vous donc? Oh! vous avez frémi!

DAMIS.

Vrai, ceci me fait peur!... Sans doute, une satire?

L'AUTEUR.

Vous avez deviné. Qu'y trouvez-vous à dire?

DAMIS.

Moi, rien pour le moment; il faut lire d'abord;
Peut-être, après cela, tomberons-nous d'accord.

L'AUTEUR.

Soit; mais asseyez-vous, je vais prendre ma lyre;
J'invoque ses accents; non, je me borne à lire.
Seul, Homère, inspiré, pouvait chanter ses vers!
Je commence, Damis; je parle à l'univers :

O vous, qui raisonnez, accourez sur la brèche!
Voici le Vatican qui s'emporte et qui prêche,
Et blesse, sans raisons, le cœur national,
Qui peut, d'un battement, briser un piédestal
Où trône, par la force, un Pouvoir éphémère,
Que nos soldats, soumis à leur devoir austère,
Sont, hélas! obligés de garder tour à tour,
Jusqu'à l'instant fatal sonnant son dernier jour!

Quoi! vous venez encore, en ce moment critique,
Nous rompre le tympan d'une lourde Encyclique,
Dans l'espoir d'allumer en tous lieux les brandons
Qui faisaient autrefois vos effroyables dons?...
Vous insultez en vain toutes ces grandes choses
Que Dieu marqua du doigt au rang des saintes causes,
Qui, rapprochant de lui la grande humanité,
Lui montrent du parcours la brillante clarté!...
Ah! de ce feu divin qui germe dans nos têtes,
Vous voulez nous ravir les vaillantes conquêtes,
Et prouver aux enfants du grand quatre-vingt-neuf,
Que votre vieil habit leur vaut bien mieux qu'un neuf?
Que votre unique but est le salut des âmes,
Et de les arracher aux éternelles flammes?...
Mais nous vous connaissons... Ah! trop adroits parleurs!
Vous voulez être rois!... C'est le fond de vos cœurs!...
De la théocratie unique, universelle,
Vous tenez donc toujours l'incroyable ficelle?
Aux fils de Loyola ralliés en ce temps,
Vous comptez asservir les peuples repentants?...
Allez! allez! Messieurs, encore un tour de force,
Peuples et souverains apercevront l'amorce!

Oh! vous serez frappés un jour comme autrefois (¹),
Remis à votre place, annulés et sans voix!...
Vous vous trompez de temps : la France catholique
Ne croit pas plus à vous qu'un affreux hérétique,
Et sait qu'en appuyant les faits qui vous sont chers,
Elle fournit le bois servant à vos bûchers!...

Mon langage est ardent, énergique et sévère;
Les Évêques sont durs : c'est le droit de la guerre.
Ils nous donnent toujours ces charitables noms :
Niant Dieu, Mécréants, Pestiférés, Démons,
Rebut de l'univers, amas diabolique!
Attendez, c'est Boileau qui fournit la réplique :
« Qui méprise Cotin n'estime point son roi,
» Et n'a, selon Cotin, ni Dieu, ni foi, ni loi. »
Ministres tout puissants d'un respectable culte,
Vous nous jetez au front la colère et l'insulte!
Pour nous défendre un peu nous voulons raisonner,
Et vous, toujours méchants, vous voulez nous damner;
Respectant votre foi nous soutenons la nôtre,
Vous, toujours absolus, vous imposez la vôtre;
Vous voulez abrutir par l'inquisition,
D'éclairer l'univers est notre mission!
Voilà, Messieurs, voilà l'énorme différence :
Nous avons la raison, et vous la violence.
Nous mettons en regard ces principes divers,
Et nous vous assignons au banc de l'univers!

Quand le mot *liberté* grimaçait dans vos bouches,
Il nous faisait grand'peur, car vos yeux étaient louches.
Aujourd'hui, tout est clair, les masques sont à bas;
Nous voici corps à corps dans ces tristes débats.
Tous les coups vont porter, aiguisons bien nos armes;
Marchons droit au combat sans crainte et sans alarmes.
Eh bien! nous acceptons ce cartel violent!
Voyons votre Encyclique et son produit brûlant.

Arrêtons-nous un peu sur ce long préambule,
Lui donnant, de tout point, la forme d'une bulle;
On peut le résumer en prononçant ces mots :
Il est le précurseur des plus horribles maux!...

(¹) Voir la note 1, p. 21.

Nouveaux Torquemada, qu'en un jour de colère (¹)
Jéhovah fit surgir pour dépeupler la terre,
Régner est votre but, par des moyens à vous,
Voir le monde, en tous lieux, courbé sur ses genoux !...
Qu'on vous donne le glaive et la toute-puissance,
Et bientôt on verra, sur le sol de la France (²),
Paraître vos bienfaits : l'extermination !...
L'hérétique mourant pour sa confession !
Les enfants étouffés sur le sein de leur mère,
Le fils trouvant la mort en défendant son père ;
Les corps des malheureux entraînés par les flots,
Et le sang refoulé des plus larges ruisseaux !
Les orphelins pleurant le sort de leurs familles,
Les membres tous meurtris et couverts de guenilles,
Perdus, abandonnés au milieu du chemin,
Mourant de désespoir, sans asile et sans pain !
On reverrait encore abattoirs, fusillades,
La Saint-Barthélemy, d'affreuses dragonnades,
Et le massacre, en bloc, des sanglants Albigeois (³),
Où le Grand Roi vieilli ternissait ses exploits !
L'Édit nantais, enfin, vous déplaît, vous suffoque ;
Eh bien ! vous intriguez et Louis le révoque !
Il fait perdre au pays, ce monarque pieux,
Grand nombre de Français des plus industrieux !...
C'est à revoir ces jours que tend votre Encyclique ;
A cette vérité, pour vous, point de réplique...
Mais nous serons, Messieurs, sur ce sanglant chemin,
Toujours prêts, l'œil ouvert, et la satire en main !

Voyons, qu'entendez-vous par le mot *hérétique* ?
Consultons, un instant, la fougueuse Encyclique :
En ses quatre-vingts points, le *Syllabus* fait voir
Que beaucoup le seront même sans le savoir :
D'abord tout Israël, Musulmans, Calvinistes,
De cent cultes divers les très nombreuses listes,
Dominant, aujourd'hui; des peuples à foison,
Et que vous condamnez sans aucune raison.
Vous ajoutez aussi plus d'un bon catholique,
Qui raisonnent un peu sur le culte authentique ;

(¹) Voir la note 2, p. 21. — (²) Voir la note 3, p. 21. — (³) Voir la note 4, p. 22.

Celui, bien entendu, que vous faites pour vous,
Et que vous présentez si tolérant, si doux.
Ils croient, cependant, mais sans idiotisme;
Vous traitez leur raison d'affreux libéralisme!
Leur nombre est assez grand... Oh! vous le savez bien!
Si vous les brûlez tous il ne restera rien!
Rien! que l'affreux amas des fougueux fanatiques,
Qui rêvent de bûcher pour tous les hérétiques,
Qu'ils voudraient bien un jour voir, réduits aux abois,
Grillés, pompeusement, sur un gros tas de bois!

Ce parti libéral du bon catholicisme,
Vous l'accablez toujours pour son libéralisme!
Sus même aux gallicans!... Donc, entre vous et nous,
Il n'est point de milieu : qu'on doit être avec vous,
Confesser hautement votre ultramontanisme,
Ou suivre avec ferveur notre grand catéchisme,
Qui veut que la raison, dominant en tout lieu,
Soit la règle ici-bas d'une croyance en Dieu.
Quand le pouvoir suprême exprime l'espérance,
Dans l'intérêt sacré du bonheur de la France,
De vous voir moins Romains, respectueux des lois,
Vous criez, sans motifs, qu'on opprime vos droits.
Vos droits!... Ah! Messeigneurs, que sont les autres cultes,
Que l'on voit chaque jour couverts de vos insultes (¹)?
Nous les voyons soumis, comme tous les Français...
Veuillez en faire autant et vous tenir en paix.

Bornons notre examen sur ce long préambule;
Passons au *Syllabus* sans suivre sa formule;
Contentons-nous, enfin, d'examiner à fond
Quelques points importants et d'un effet profond.

Votre grand *Syllabus* professe des doctrines
Qui font battre les cœurs dans toutes les poitrines!
Suivant mon examen, je vais citer un point
Comme en nul autre écrit on n'en retrouve point :
Comment! Messieurs, comment! un père de famille
Ne pourra pas donner à son fils, à sa fille,
Pour leur instruction, des maîtres de son goût?...
Vous vous donnez le droit, pour toujours et partout,

(¹) Voir la note 3, p. 22.

Au moyen d'un veto, de lui fournir les vôtres (¹),
Qui souvent, comme on sait, sont de fort bons apôtres !
Les moines enseignant, abbés instituteurs,
Pour leurs brebis, parfois, sont d'excellents pasteurs !
Ouvrons des tribunaux la grande statistique,
Nous y trouvons des faits pour plus d'un bon critique :
Que de clercs, abusant de leur position,
S'en servent, quelquefois, pour la séduction !
Suborneurs criminels d'une tendre innocence,
Passant des doux propos à l'extrême licence,
Ils sont, bien déguisés sous un masque pieux,
Conduits fatalement aux crimes odieux.
Hélas ! nous les voyons, au sortir de l'église,
Aller, avec éclat, jusqu'à la cour d'assise !
Et le juge prudent ferme bien cet enclos,
Car les crimes sont tels qu'il leur faut le huis-clos !
La honte et les remords sont les tristes compagnes
Conduisant les héros aux portes de nos bagnes.
Que d'attentats connus je pourrais vous citer !
Par centaines, enfin, l'on pourrait les compter.

Si nous passons aux faits de toute autre nature,
C'est la tristesse au cœur qu'on saisit la pâture.
Plus d'un prêtre indiscret, au confessional,
A coloré le teint d'un beau front virginal,
Ou blessé la pudeur d'une très jeune dame,
En portant trop avant le regard dans son âme !...
Comment ! un jeune prêtre, un moine trivial,
Saura tout ce qu'on fait dans un lit nuptial !...
O vous hommes prudents ! bons pères de famille,
Ne confiez qu'à vous votre innocente fille !
Et vous, époux heureux, possédant un trésor,
Soyez son directeur. Messieurs, je parle d'or !...
Un prêtre, quel qu'il soit, ou comment on le nomme,
Et quoi que vous fassiez, sera toujours un homme :
Donc, un foyer ardent de vives passions,
Multiplié cent fois par les privations.
Il peut être sans feux, cela doit être rare :
De ces hommes tronqués la nature est avare.

(¹) Voir la note 6, p. 22.

Ah! Messieurs, croyez-moi, même avec la laideur,
De ces tristes martyrs ne tentez pas l'ardeur.

Donnez à vos enfants, règle primordiale,
La première vertu, la vertu sociale.
L'enseignement laïque, et ses bons professeurs,
Peut seul, avec succès, former de jeunes cœurs.
Pourquoi demandez-vous à la cléricature
Un principe toujours contraire à sa nature?
Connaîtrait-on très bien l'équerre et le compas,
On ne saurait fournir le savoir qu'on n'a pas.
Oh! nous le savons tous, l'enseignement fourmille
De savants professeurs, bons pères de famille.
Placez dans ce milieu votre très jeune fils,
Là se trouve l'exemple à côté de l'avis.
Mettez des millions du grand budget des cultes (¹),
A créer, en tous lieux, l'enseignement d'adultes,
Formant des citoyens instruits de leur devoir,
Pleins de leur dignité, d'un solide savoir,
Laissant dans leur esprit, tout le temps de leur vie,
Ce germe bienfaisant qui, pour toujours, les lie
Aux devoirs sociaux... Cet état de bonheur,
A la croyance en Dieu, prépare bien le cœur.

Marchons, marchons toujours dans la longue pancarte,
Et suivons, avec soin, votre éternelle charte,
Qui vise, sans façons, à dominer en tout,
Dans le palais des rois, chez le riche surtout!...
Je trouve au *Syllabus* un point très critiquable;
Si je n'en parlais pas je serais bien coupable!
J'y vois, ma foi, j'y vois, le vrai sens de ces mots,
Qui seront bien compris des savants et des sots :
— Les Princes sont courbés aux volontés de Rome! —
Ah! mon Dieu! Messeigneurs, quel effrayant fantôme!
Vous ajoutez plus loin, d'un ton réjouissant :
— Les Empereurs sont nuls, le Pape est tout-puissant!
C'est lui qui fait les Rois, les lie et les délie;
Vous donnera l'enfer ou la grâce infinie;
Il tient ces grands pouvoirs directement des dieux! —
S'il dispose du ciel il doit donc, à vos yeux,

(¹) Voir la note 7, p. 22.

Étes-le souverain qui gouverne le monde?
Hors vous, tout, ici-bas, n'est que matière immonde!...
Vous êtes logiciens en vos raisonnements!
Mais c'est à la façon de nos plaideurs normands.
Vous nous donnez le ciel et vous gardez la terre!
Vraiment, vous êtes forts à traiter une affaire :
Car vous êtes très sûrs des biens que vous prenez,
Et nous le sommes moins de ceux que vous donnez...
Tartufe a beau vieillir, son teint devenir blême,
Son goût envahisseur sera toujours le même.
Molière, en le frappant de son vers solennel,
A laissé le croquis de ce type éternel!

Vous attaquez, enfin, ce grand droit de suffrage (¹),
Ce droit qu'a tout Français quand il en atteint l'âge.
Les peuples ne sont rien, pour vous le Pape est tout!...
Prenez garde, Messieurs, de les pousser à bout;
Prenez garde, imprudents, qu'un grand peuple en colère
Ne vous force, en trois jours, à vous blottir sous terre!
Qu'il change en hôpitaux d'innombrables couvents (²),
Et réduise au travail leurs personnels mouvants;
Qu'il siffle, avec raison, pour punir cette audace,
Un moine, en plein soleil, montrant sa triste face;
Car nos lois ont proscrit ces ordres paresseux,
Riches et bien pourvus, sous un aspect crasseux.
Il pense que dormir, disant les litanies,
Est un métier moins lourd que manier les scies,
Vaincre dans les combats, ou parcourir les mers,
Pour avoir, bien souvent, des résultats amers!

Il sait vos procédés pour créer un grand ordre.
Vous vous jetez surtout aux lieux où l'on peut mordre;
Vous provoquez les dons par un moyen puissant,
Et puis, vous donnez deux quand on vous donne cent.
Vous appliquez toujours la fameuse maxime
Qu'on vous vit pratiquer au beau temps de la dîme :
Car, très pieusement, vous tombez à genoux,
Et soupirez : Seigneur, les plus pauvres, c'est nous!...
Vous commencez, d'abord, par une humble masure;
Recevant de partout, vous montez à mesure;

Bientôt vous bâtissez des couvents somptueux ;
Vos revenus sont gros... O moines onctueux !
Voilà donc le trajet que suit le bien du pauvre !
On l'adresse à Paris, il part pour le Hanovre...
Et vous nous affirmez que ces biens sont à vous ?
Peut-être est-ce douteux... On dit qu'ils sont à tous,

Quand le peuple, autrefois, en Jupiter qui tonne,
Vous fournit la leçon, pourtant elle fut bonne !
Il défendait alors, par sa mâle vigueur,
Le droit d'adorer Dieu selon l'élan du cœur.
Nos lois ont consacré ce droit imprescriptible ;
Vouloir nous le ravir, c'est vouloir l'impossible.
Mais rien ne vous arrête, et les éclairs passés,
C'est toujours arrogants que vous reparaissez.
Le pouvoir qui surgit, de ce sanglant orage,
En s'appuyant sur vous se figure être sage ;
Mais bientôt, tout puissants, vous entrez en fureur,
Vous le désabusez de sa fatale erreur.
Alors, parlant en maître aux grandeurs de la terre,
Vous imposez vos lois ramenant en arrière ;
Vous criez en tous lieux que le monde est à vous,
Qu'il doit vous obéir et se mettre à genoux.

Mais vous oubliez donc, orgueilleux que vous êtes,
Ce qu'il faudrait pourtant bien mettre dans vos têtes,
Que sur le nombre rond de plus d'un milliard
D'individus grouillant, pourvus, sans un liard,
Sur ce sol arrondi, qu'on appelle la terre,
Ayant le bien, le mal, ou la paix, ou la guerre,
Vous êtes un huitième !... Oh ! bien moins possesseurs (¹) ;
Car retranchons enfin tous les libres penseurs
Qui, fermes en leur foi, repoussent vos doctrines,
Et répètent tout haut, en frappant leurs poitrines,
Que, catholiques nés, ils veulent s'affranchir,
Et, devant votre orgueil, refusent de fléchir.
Ici, je vous le dis, le nombre en est immense !
Il grandit chaque jour, ayez-en l'assurance...
Si vous doutez, eh bien ! nous allons nous compter ;
Sur un *oui*, sur un *non*, nous allons tous voter !

(¹) Voir la note 10, p. 23.

Voter !... Ah ! qu'ai-je dit ?... Vous craignez la lumière ;
Il vous faut des croyants aux pupilles en pierre.
Vous tremblez aux seuls mots : — Suffrage universel ! —
Ainsi, vous condamnez ce grand droit éternel ?
Mais alors, le pouvoir qui gouverne la France
Est le produit impur d'un grand peuple en démence ?...
Oh ! pour vous, ces grands faits inspirent le dégoût ;
Tous ces pouvoirs sont nuls, vous seuls décidez tout !

Ah ! quelle est votre erreur, aveugles que vous êtes !
Il faudrait tout d'abord qu'on vous crût des prophètes ;
Que le peuple, idiot, eût confiance en vous ;
Qu'il se courbât, tremblant, sous vos pouvoirs jaloux !...
Écoutez bien ceci, gardez-en la mémoire :
Le peuple est catholique à sa façon de croire ;
On le voit, le dimanche, accourir au saint lieu,
Non pour vous adorer, mais pour adorer Dieu !
Il consent, quelquefois, à joindre sa prière
Aux effets trop clinquants de votre ministère,
A la condition qu'en dehors des autels
Vous reviendrez soudain de très simples mortels.
Mais si vous franchissez le cercle qu'il vous trace,
Il ne voit plus en vous que parleurs pleins d'audace
Qui devraient se tenir dans un humble réduit,
Et qui n'ont d'autre but que de faire du bruit.
Quand vous parlez morale, il écoute en silence ;
Mais prêchez-lui, Messieurs, modestie, abstinence,
Tout boursouflés d'orgueil, *la douce humilité !*
Dans un palais tout or, *la sainte pauvreté !*
Il vous tourne le dos et repousse la glose ;
Vous lui faites l'effet de ce bon monsieur Chose
Qui, l'estomac tout plein, ne peut être alarmé
D'entendre les soupirs d'un pauvre homme affamé ;
Ou qui, sur des coussins, dans un fort bon carrosse,
Rit bien d'un malheureux monté sur une rosse.

Le peuple, Messeigneurs, courbé sur son travail,
Goûte peu vos sermons sous un riche camail ;
Il traîne, au jour le jour, sa vie un peu précaire,
Votre luxe éclatant insulte à sa misère.
Soyez pauvre avec lui, vous aurez son respect ;
Son jugement sur vous prendra tout autre aspect...

Il est souvent l'ami du curé du village,
Surtout s'il est humain, tolérant, d'un grand âge ;
Il s'incline bien bas quand il le voit, boueux,
Dans de mauvais chemins, sur son bâton noueux,
Portant, de bonne foi, la consolante hostie
Au malheureux qui souffre et voit s'enfuir la vie !...
Quand, privé de tout bien, dans un moment fatal,
Vaincu par la douleur, il entre à l'hôpital,
Il aime à son chevet une sœur en prière,
Lui prodiguant ses soins à son heure dernière !
C'est l'ange de bonté, de consolation,
Pratiquant jusqu'au bout sa sainte mission !
Pour ce cœur chaste et pur qu'importe la croyance ?
S'il faut d'un malheureux adoucir la souffrance,
On la voit, nuit et jour, près d'un lit de douleur,
Et se faisant chérir de l'enfant du malheur !
Il l'aime avec respect, s'incline à son passage !
Mais l'Évêque opulent pour lui n'est point un sage :
C'est un homme empourpré, posant à tout propos,
Par-ci, par-là, partout, sans le moindre repos ;
Mangeant bien, buvant mieux et faisant un bon somme,
Au visage incarnat et rond comme une pomme.
Bien plus puissant, ma foi, que le Maître divin,
Qui changeait de l'eau claire en véritable vin,
Oh ! miracle plus grand !... sans aucune hyperbole,
L'Évêque en beaucoup d'or transforme sa parole (¹) !

Messieurs, vous abusez, dans votre *Syllabus*,
De ces mots impuissants : « Frappé comme d'abus ! »
Sûrs d'éviter ainsi la vindicte publique,
Derrière un concordat, respectable relique,
Vous parlez hautement au mépris de la loi,
Qui selon vos besoins est de mauvais aloi.
Pourtant, tout citoyen doit son obéissance
Aux lois de son pays, ayez-en souvenance !
Devant leur majesté nous devons être égaux :
Pauvre, opulent, bourgeois, même les Cardinaux !...
Quand vous bravez ainsi ce pacte de famille,
Montés sur vos grands airs, dans votre souquenille,

(¹) Voir la note 11, p. 23.

Au nom d'un Dieu de paix et de soumission,
Vous proclamez la guerre... Oh! triste mission (¹)!
Que font à vos Grandeurs les maux de la discorde?
Vous voulez être tout, il faut qu'on vous l'accorde;
Vous voulez dominer en dépit du bon sens,
Dussiez-vous réussir par le feu, par le sang!...
Boileau l'a dit déjà, dans sa rude franchise :
« Abîme tout plutôt, c'est l'esprit de l'Église! »
Ses vers, partout marqués d'un vigoureux entrain,
Ont montré votre esprit dans l'immortel *Lutrin*.

O courageux Boileau! ta grande âme inspirée
Les connaissait à fond! ... Vois-tu de l'empyrée
Ce qu'ils sont devenus? Tapageurs et méchants,
Soumis avec orgueil à leurs tristes penchants!...
Deux siècles ont passé sur tes écrits sublimes :
Que les retrouvons-nous?... Nos ennemis intimes!

Oui, la France aujourd'hui, catholique sans foi,
Désire, Messeigneurs, qu'on respecte la loi.
Le peuple avec dégoût a vu votre tapage,
Qu'il juge, avec raison, n'être point de notre âge;
Il paie avec regret votre gros traitement,
Et voudrait qu'on l'acquît plus convenablement;
Que vous fussiez Français avant d'être Archevêques :
Il priserait bien mieux vos valeurs intrinsèques...
Naguère, un peu naïf, il vous crut Gallicans;
On l'avait affirmé... ce n'était que cancans!...
Ah! du temps du Grand Roi, tout le clergé de France (²)
Tenait avec orgueil à son indépendance.
Aujourd'hui, quel affront! moins Français que Romain,
Il court au Vatican pour voir son Souverain!
Mais alors, Messeigneurs, allez en Italie
Auprès de votre Chef... Qui s'adore s'allie!
Ou respectez les lois en restant parmi nous;
Avec l'autorité vivez en bons époux;
Sinon, du traitement quand il vous faut la somme,
On peut vous renvoyer au grand trésor de Rome...
Le peuple aime à vous voir plus humbles, plus soumis,
Et non point exigeants, querelleurs, ennemis.

(¹) Voir la note 12, p. 15. — (²) Voir la note 13, p. 24.

Soyez donc circonspects en votre ministère :
C'est votre seul moyen d'adoucir sa colère.
Voilà, Messieurs, voilà des vérités sur tous;
Cet avis est fort bon, Messeigneurs, croyez-nous !

Qu'en dites-vous, mon cher?... Surtout de la franchise!

DAMIS.

Vous me voyez tremblant!... Il faut que je le dise...
Qu'avez-vous fait?... Grand Dieu!... Brûlez ce manuscrit!
Ah! quel démon perfide a tenté votre esprit!

L'AUTEUR.

Mais pourquoi donc cela?... Que prétendez-vous dire?
Brûler ainsi ces vers!... A qui peuvent-ils nuire?

DAMIS.

Vous demandez à qui?... Mais à vous, malheureux!

L'AUTEUR.

A moi? mais comment donc?... Vous êtes bien peureux!
N'aurai-je pas dit vrai? tronquerai-je l'histoire?

DAMIS.

Pour cela, ma foi non; je l'ai dans la mémoire;
Ces faits sont très connus, on ne peut le nier...
Toutefois, bornez-vous à ne rien publier.

L'AUTEUR.

Donnez-moi vos raisons.

DAMIS.

Je puis en fournir mille!

L'AUTEUR.

Voyons-les donc, enfin.

DAMIS.

Cela m'est très facile :
Vous serez poursuivi par messieurs les cagots,
Par les ultramontains appuyés des bigots.
En vous, en vos amis, même en votre famille,
De ces exemples-là notre histoire fourmille,
En tous vos intérêts, surtout en votre honneur;
Calomnié cent fois par un traître meneur,
Qui salira partout votre honorable vie,
Vous serez déchiré par la rage et l'envie!...
Ils vous écraseront!

L'AUTEUR.

Vous croyez?

DAMIS.

J'en suis sûr!

L'AUTEUR.

Vous voyez, mon ami, je suis d'un âge mûr;
J'ai vu bien des dangers dans ma longue existence :
J'ai lutté corps à corps, toujours avec constance,
Vaincu les éléments et la fureur des flots;
Faut-il se démentir? trembler aux premiers mots?
C'est par le dévoûment que s'affirme la gloire!

DAMIS.

Par des moyens honteux ils auront la victoire!...
Oui, vous serez vaincu!

L'AUTEUR.

Ce n'est pas très certain.

DAMIS.

Ils seront aux aguets du soir jusqu'au matin.
Attendez, laissez-moi vous conter une histoire,
A leurs détours affreux il vous faudra bien croire :
Il était à deux pas, tout près, dans ce quartier,
Une famille heureuse exerçant un métier;
Deux tout petits garçons, ajoutez une fille,
La mère et le mari, voilà cette famille;
Vivant, tout doucement, d'un travail assidu,
Toujours avec honneur, n'ayant jamais rien dû.
Chez les gens très dévots était leur clientèle,
Parmi lesquels, hélas! madame telle ou telle,
Vieille et laide bigote, en faisant très grand bruit;
A l'esprit orgueilleux, malfaisant, qui détruit.
Eh bien! mon cher, eh bien! cette affreuse mégère,
Exigeait durement, du mari, de la mère,
D'entrer, à l'instant même, en congrégations,
Froissant ces nobles cœurs en leurs convictions!...
Le mari fort instruit, vertueux, très austère,
Étant libre penseur n'en faisait nul mystère,
Refusa d'obéir... Immédiatement,
Une ligue infernale agit très puissamment
Pour lui ravir son pain!... Toute la clientèle
En un jour disparut, au mot d'ordre fidèle!

L'AUTEUR.

Où sont ces malheureux? Allons à leur secours!
Ne perdons aucun temps à faire des discours.

DAMIS.

Je crois qu'ils sont partis, qu'ils ont quitté la ville.
Je vous cite un tel fait, on en trouverait mille...
Harcelés, poursuivis, manquant de tout, de pain!
En luttant quelques jours, ils seraient morts de faim!

L'AUTEUR.

Voyons, de ce récit qu'allez-vous donc conclure?

DAMIS.

Qu'il vous faut, à l'instant, de votre esprit exclure
Le but trop dangereux que vous vous proposez!

L'AUTEUR.

Renoncer à mon but? Oh! vous vous abusez!...
Très humblement soumis à la toute-puissance
D'un Dieu plein de bonté, de douceur, de clémence,
Unique créateur de ce grand univers,
Où tournent constamment tous ces globes divers;
J'adore à deux genoux sa grandeur admirable,
Sans vouloir soulever un voile impénétrable,
Placé devant nos yeux, selon sa volonté...
Oui, devant son secret je me suis arrêté!...
Levant les yeux au ciel, contemplant la nature,
J'ai vu le Créateur et l'humble créature!
Ne portant pas plus loin des regards indiscrets:
J'ai craint de blasphémer en cherchant des secrets!...
L'homme adorant un Dieu, seul auteur de la terre,
Doit regarder en haut, s'incliner et se taire!

DAMIS.

Je découvre mon front, et signe des deux mains,
Ce code qui devrait régir tous les humains!

L'AUTEUR.

Plaignons ces malheureux, que je crois en démence,
Qui, voulant définir cette grandeur immense,
En ont fait un Rocher, un Ibis, un Serpent!
L'extrême orgueil, hélas! de ses traits les frappant,
Alors, blasphémateurs, ils en ont fait un homme!
Condamnant l'univers à propos d'une pomme!

Ayant leurs passions et leur méchanceté,
Leurs vices, leur orgueil, même leur cruauté !
Punissant sur le fils les fautes de son père
Sept générations... une affreuse vipère !...
Grand Dieu ! pardonnez-leur s'ils sont de bonne foi :
Car de l'esprit faillible ils ont subi la loi !

DAMIS.

Je conçois, maintenant, la grandeur de l'idée
Qui vous a fait écrire une ardente pensée !
Subir tous ces affronts en toute humilité,
Sans protester tout haut, ce serait lâcheté !

L'AUTEUR.

Il le faut ! à tout prix ! et quoi qu'il en résulte !...
Resterons-nous muets en face de l'insulte ?...
Nons respectons leur foi, sous les conditions
Qu'ils seront circonspects pour nos convictions.
Respects et libertés, à chacun sa croyance,
Voilà le cri, Damis, qui retentit en France !

DAMIS.

Je le crois avec vous... Adieu donc, cher auteur !
Publiez ce travail... Je suis à vous de cœur !

L'AUTEUR.

A bientôt, cher Damis... Oui, le devoir de l'homme
Est tracé dans ces mots : — Il faut combattre Rome !... —
Malheur à nous ! malheur ! si, courbés lâchement,
Nous tombons à genoux à son commandement !
A son ardent vouloir si nous ouvrons nos portes,
Nos libertés s'en vont, nos libertés sont mortes !

FIN.

NOTES

Oh ! vous serez frappés un jour comme autrefois,

En raison de leur ambition à tout envahir, et des doctrines régicides qu'on les accusait de prêcher, les jésuites furent chassés de France par un édit de Henri IV, en 1595. Rentrés par l'influence des pères jésuites Lachaize et Letellier sur Louis XIV, dont ils furent les confesseurs. Chassés de nouveau en 1764 par un édit de Louis XV. En 1767, ils le furent également de l'Espagne. En 1773 un bref du Pape Clément XIV prononçait l'extinction de leur Société. Enfin, en 1805, un décret de Napoléon Iᵉʳ prononçait la dissolution de leur ordre. Sans compter l'exclusion absolue prononcée par notre première République.

Nouveaux Torquemada, qu'en un jour de colère
Jéhovah fit surgir pour dépeupler la terre !

Quand l'inquisition, dite moderne, fut rétablie en Espagne, sous le règne de Ferdinand et d'Isabelle, une bulle de Sixte-Quint créa un Conseil de la Suprême et un Grand Inquisiteur général ; Torquemada, l'un d'eux, fut le plus atroce. On évalue à 5 millions le nombre des hérétiques égorgés ou brûlés vifs par les ordres de ces forcenés fanatiques.

Et bientôt on verra, sur le sol de la France,
Paraître vos bienfaits : l'extermination !...

Sous la Restauration, quand une armée française, commandée par le duc d'Angoulême, eut vaincu la révolution espagnole et rétabli Ferdinand VII sur son trône, le clergé eut bientôt repris toute son influence, et l'on vit reparaître les persécutions religieuses : en 1826, à Valence, il y eut un auto-da-fé : un juif fut brûlé vif sur la place publique. Donc, il suffit de laisser faire le clergé pour revoir ces atrocités.

4ᵐᵉ Note, page 8.

Et le massacre, en bloc, des sanglants Albigeois,
Où le Grand Roi vieilli ternissait ses exploits!

Sous l'influence des pères jésuites Lachaize et Letellier, successivement ses confesseurs, Louis XIV entreprit de détruire l'hérésie en France : de là les dragonnades, le massacre des Albigeois, et surtout la révocation de l'édit de Nantes, qui porta le coup le plus funeste à l'industrie, au commerce et à la richesse de la France.

5ᵐᵉ Note, page 9.

Que l'on voit chaque jour couverts de vos insultes.

Tout le monde sait comment, en chaire et dans les mandements, sont traités tous ceux qui osent adorer Dieu d'une manière différente de celle du clergé catholique.

6ᵐᵉ Note, page 10.

Au moyen d'un veto, de lui fournir les vôtres,

Pie IX, dans son Encyclique et dans sa lettre à l'Empereur du Mexique, déclare, d'une manière formelle, que l'éducation de la jeunesse doit être placée dans les mains du clergé.

7ᵐᵉ Note, page 11.

Mettez des millions du grand budget des cultes.

Le budget des Cultes fourni par l'État est de 46 millions par an, sans compter les logements et les suppléments fournis par les départements et les communes. A côté de cela, nous voyons le budget de l'Instruction publique être à peine de quelques millions.

8ᵐᵉ Note, page 12.

Vous attaquez, enfin, ce grand droit de suffrage,

Dans son Encyclique, le Pape nie que les peuples aient le droit d'élire leur souverain, et que le suffrage universel ait quelque autorité.

9ᵐᵉ Note, page 12.

Qu'il change en hôpitaux d'innombrables couvents.

Nous avons en France 14,017 couvents de religieux des deux sexes, ayant un personnel de 108,119 individus; possédant pour environ 105,370,000 francs de propriétés foncières. Quant à leurs richesses mobilières, rentes, actions, obligations, etc., nul ne les connaît; elles doivent être immenses. Si nous ajoutons aux 108,119 membres du clergé régulier de l'Église catholique, environ 90,000 membres du clergé séculier, nous aurons environ 200,000 individus composant le personnel de l'Église catholique en France. En supposant que chaque individu consomme 2,000 fr. par an, ce qui n'est pas exagéré, nous arrivons à la somme énorme de 400,000,000 de francs que coûte, chaque année, l'entretien du personnel de l'Église catholique. Si nous ajoutons à cela ce que coûte annuellement à l'État, aux départements et aux communes, l'achat, la construction, les réparations et l'entretien des églises, presbytères, séminaires, etc., etc., nous aurons un chiffre qui dépassera, bien certainement, ce que coûtent les 5 ou 6 cent mille hommes composant l'armée française. Et qu'on remarque que je néglige de tenir compte des dépenses occasionnées par les chantres, hallebardiers, sacristains, etc., etc.

10me Note, page 13.

Vous êtes un huitième!... Oh! bien moins possesseurs:

La population de la terre est d'un peu plus d'un milliard, et se décompose, au point de vue des cultes, de la manière suivante : brahmanisme, 200 millions d'âmes; bouddhisme, 350 millions; islamisme, 150 millions; fétichisme, 100 millions; judaïsme, 5 millions; enfin, christianisme, 260 millions. De ce dernier chiffre, il faut déduire tous les schismatiques, ce qui réduit les catholiques romains tout au plus à 140 millions. Sortez encore les indifférents, que reste-t-il de croyants?

11me Note, page 15.

L'Évêque en beaucoup d'or transforme sa parole!

Tout le monde sait que le traitement payé par l'État à un archevêque, le supplément des départements ou des communes, le logement, etc., etc., ne va pas à moins de 25 à 30 mille francs par an. Quand l'archevêque est cardinal, et par conséquent sénateur, il peut aller de 65 à 70 mille francs.

12me Note, page 16.

Au nom d'un Dieu de paix et de soumission,
Vous proclamez la guerre... Oh! triste mission!

L'histoire nous enseigne les maux causés par les prétentions des

Papes, appuyés des évêques, à dominer les souverains. Depuis le jour, en 502, où le Pape Simaque osa dire à l'Empereur Anastase : — Que sa dignité était au-dessous de la dignité du successeur de saint Pierre, comme la terre est au-dessous du ciel, — jusqu'à nos jours, où Pie IX lance une Encyclique affirmant les mêmes prétentions, la chrétienté a subi d'affreuses divisions qui ont fait couler des torrents de sang. Quand donc les peuples s'affranchiront-ils d'un pareil état de choses ?

13 Note, page 16.

Ah! du temps du Grand Roi, tout le clergé de France
Tenait avec orgueil à son indépendance.

Je fais ici allusion à la déclaration de 1682, faite par tout le clergé de France, Bossuet en tête, affirmant [les droits et l'indépendance de l'Église nationale, dite *Église gallicane*. Cette déclaration niait les prétentions de Grégoire VII. Ce Pape affirmait : — Que les Souverains pontifes sont, de droit divin, les monarques de tous les monarques de la terre. — C'est cette doctrine qu'on voudrait faire prévaloir aujourd'hui. Elle n'est pas sans logique ; car de deux choses l'une : ou les princes et les peuples croient que le Pape est le représentant de Dieu sur la terre, et alors ils n'ont rien à lui refuser ; ou ils ne le croient pas, et alors pourquoi ne s'affranchissent-ils pas, d'une manière absolue, de son influence fâcheuse pour la paix du monde ? La déclaration de 1682 était un acheminement vers cet affranchissement. Le clergé français la combat aujourd'hui : pourquoi ? Parce que la domination des Papes est le point d'appui sur lequel il espère fonder sa propre domination ; et c'est, précisément, pour échapper à ces prétentions que nos souverains ont toujours cherché à faire prévaloir les doctrines de l'Église gallicane. Je crois qu'ils ont fait fausse route, parce que la papauté et le clergé veulent tout ou rien. Tout, c'est la domination absolue avec les persécutions religieuses ; rien, c'est l'indépendance de l'État, la liberté de conscience et la paix du monde. Choisissez !

L'erreur des souverains vient de ce qu'ils croient que le clergé leur est utile pour gouverner les peuples, et qu'ils oublient qu'en s'appuyant sur le clergé, ils seront gouvernés par lui, ou qu'ils auront à lutter constamment avec ses prétentions ; il serait temps qu'ils ouvrissent les yeux.

Bordeaux. — Imp. G. Gounouilhou, rue Guiraude, 11.

L'ENCYCLIQUE

ET

L'ÉPISCOPAT FRANÇAIS.

www.ingramcontent.com/pod-product-compliance
Lightning Source LLC
Chambersburg PA
CBHW061631180626
46818CB00005B/2336